# L'IMPÔT DU TIMBRE

SUR

## LES CATALOGUES DE LIBRAIRIE,

RUINEUX POUR LES LIBRAIRES,

## ET ARITHMÉTIQUEMENT ONÉREUX

AU TRÉSOR PUBLIC.

# A PARIS,

CHEZ ANTOINE-AUGUSTIN RENOUARD.

M. DCCC XVI.

# L'IMPÔT DU TIMBRE

SUR

## LES CATALOGUES DE LIBRAIRIE,

RUINEUX POUR LES LIBRAIRES,

## ET ARITHMÉTIQUEMENT ONÉREUX

AU TRÉSOR PUBLIC.

Depuis plusieurs années on se demande pourquoi le commerce de la Librairie est en France, à Paris même, dans un si fâcheux état de langueur et de léthargie? Pourquoi, avec des fonds considérables en bons livres de tous genres, les affaires y sont presque nulles, et ne permettent pas à ce commerce de s'élever dans ce pays à l'importance qu'il a su acquérir en Allemagne, en Angleterre et ailleurs? Ce n'est pas le manque d'activité qui nous fait rester en arrière, ce n'est certainement pas non plus la disette de bons ouvrages à imprimer; car quelle littérature offre plus que la nôtre de ces livres lus et recherchés dans tout pays où se trouvent quelques amis des lettres? Notre littérature est cosmopolite, et les livres de notre fabrication sont aussi appelés à le devenir. On ne peut accuser la Librairie françoise d'insouciance dans l'exploitation de cette mine abondante qui semble avoir été créée exprès pour son avantage. Il n'est pas de bon livre qu'elle n'ait multiplié sous toutes les formes, et quelquefois trop, peut-être. Depuis 75 centimes jusqu'à 5oo francs, nous avons des Fables de La Fontaine de tous les prix, pour tous les goûts, pour l'amateur le plus riche et pour l'étudiant le plus maltraité de la fortune. Du plus au moins, il en est de même de presque tous les bons ouvrages, avec ce mérite particulier aux productions des presses françoises, que ce qui est de luxe surpasse les éditions les plus splendides de tout autre pays; et qu'aussi nos éditions de bas prix sont généralement supérieures à ce que les étrangers fabriquent en livres courants et ordinaires. De tant de fabrications diverses, il résulte que nos magasins sont encombrés; qu'après avoir employé toute notre fortune, toute notre substance, pour nous approvisionner de bons livres, toujours dans l'espoir de circonstances plus heureuses, nous vendons peu, excessivement peu, et certainement dans une ruineuse et effrayante disproportion avec les sommes effectives que beaucoup d'entre nous ont successivement versées dans leur commerce. Cet état de

maladie n'a pu échapper à l'œil du Gouvernement ;
plusieurs fois il a exprimé le désir de relever cette
utile et honorable profession. Divers moyens ont
été mis en usage avec cette intention ostensible ;
mais toujours les idées fiscales y étant mêlées, le
mal n'a fait qu'augmenter au lieu de disparoître. Le
Gouvernement qui n'est plus auroit été charmé
que la Librairie pût faire de grands bénéfices, mais
à condition que le fisc en eût d'abord encaissé la
meilleure part. On ne connoît que trop l'étrange
maxime proclamée dans les ministères de ce temps-
là : Que toute industrie, toute occasion de lucre
étant la propriété du Gouvernement, c'étoit de sa
part concession et bienfaisance lorsqu'il permettoit
d'en partager l'exploitation.

Des causes malheureusement trop prolongées,
la continuité des guerres, le défaut presque absolu
d'exportation, l'oubli forcé des lettres, et l'éloigne-
ment pour toute étude de la part de cette foule
immense de guerriers qui ne pouvoient, ne devoient que penser aux armes ; et enfin, dans ces
dernières années, la censure inquisitoriale de l'an-
cienne police, ont porté au comble les maux de la
Librairie. Mais il est une cause principale, à peine
aperçue du public, méconnue peut-être par l'administration, autant qu'elle est douloureusement res-
sentie par ceux à qui elle est si funeste. Je veux
parler du timbre auquel une loi mal interprétée

assujettit les Prospectus et les Catalogues de livres, et dont le projet du budget proposé par la commission prescrit le doublement, au lieu d'en prononcer la suppression. Plus d'une fois on a réclamé contre cet impôt désastreux , mais toujours le Gouvernement y a été sourd, sans doute parce que jugeant cet impôt par l'exiguité de son produit , il ne l'aura pas cru aussi onéreux que l'assuroient les réclamants.

Il sera facile de démontrer que cette taxe, nulle pour le fisc, est cependant pour les contribuables une calamité réelle, un insurmontable obstacle au développement de leur industrie. Loin de nous la téméraire et coupable prétention de nous soustraire aux charges pécuniaires imposées par les circonstances. Il faut de l'argent; quel François l'ignore? Mais c'est pour cela même que nous devons faire connoître le vice radical d'une taxe funeste par sa nature, et qui, pour chaque franc qu'elle produit, empêche au moins cinq autres francs d'arriver au trésor public.

De toutes les marchandises du commerce, les livres sont celle qu'il est le plus indispensable d'annoncer par des listes expresses et détaillées. L'immense quantité de livres existant, l'accroissement continuel et journalier de leur nombre, l'impossibilité pour le Libraire, même le mieux assorti, de réunir au-delà d'une portion infiniment exiguë de cette énorme quantité de livres en tous genres, imposent à quiconque fait ce commerce, la nécessité de faire bien connoître au public quels livres se trouvent dans ses magasins. Aussi faut-il distribuer des Catalogues et continuellement et en nombre excessif, si l'on ne veut voir ses livres, même les meilleurs, dormir dans un perpétuel et ruineux oubli. Si cette nécessité, aperçue par le fisc, est ce qui l'a déterminé à frapper d'un impôt le moyen presque unique qu'ont les Libraires pour annoncer leurs marchandises, il aura fait un calcul absolument faux, et une injustice tout à fait en pure perte. Les Libraires ne pouvant plus voir dans les Catalogues qu'une dépense certaine et devenue excessive, pour des bénéfices extrêmement éventuels, y ont forcément renoncé, du moins en grande partie; et le fisc ayant cru les contraindre à timbrer les nombreux Catalogues qu'il voyoit jeter par torrents dans la circulation, n'a pu que les forcer à s'abstenir de publier ces sortes d'annonces. Ils n'en ont plus fait que très peu, ce peu est devenu presque inutile; leur commerce en a diminué d'autant, et c'est alors que la progression du mal est devenue effrayante. Il est bien arrivé aussi que des Libraires, ne voyant qu'une extension arbitraire de la loi de l'an vi, dans cet avis du Conseil d'État de l'an ix, par lequel seul la taxe du timbre fut étendue aux Catalogues, n'ont pas cru manquer à leurs devoirs de bons citoyens, en imprimant des Catalogues sans timbre ; il s'en est imprimé, il s'en imprime tous les jours ; et qu'on me permette de le dire, sans cela la Librairie ne pourroit exister ; ses bénéfices ne pourroient en aucun cas couvrir l'énormité des frais de timbre. Mais ces Catalogues dont on hasarde l'émission ne peuvent circuler en grand, ce sont toujours des annonces manquées : le négociant est donc tenu dans l'alternative la plus fâcheuse ; s'il obéit passivement à une loi imparfaite, tout son bénéfice est pour le fisc ; si, de peur de payer, il ne s'annonce point, il risque de mourir de détresse à côté de ses masses de livres invendus ; s'il essaye de s'annoncer sans aller payer la contribution exigée, ce ne peut jamais être que d'une manière petite, rétrécie, presque sans effet utile, et avec le danger continuel de succomber sous les attaques d'une administration puissante, et armée d'une décision avec laquelle elle pourroit en quelques semaines ruiner toute une classe de commerçants. Telle est pourtant la douloureuse position dans laquelle le timbre met la Librairie : ou activité sans profit, ou repos de la mort, ou activité manquée, imparfaite, et pouvant être à tous moments une cause de ruine.

Toutes ces raisons, péremptoires pour un gouvernement paternel, devoient peut-être se trouver insuffisantes auprès de cette portion de l'autorité qui,

-chargée de l'emploi rigoureux d'une immense perception, est, par sa nature, constituée à-peu-près
-en état de guerre perpétuelle avec les contribuables,
se regarde comme obligée de ne croire que peu ou
point du tout à la plupart des réclamations, et a dû
contracter l'habitude de penser qu'en ce cas les plus
sincères ne le sont pas même à moitié. Mais si l'on
prouve que l'avantage du fisc est compromis par
l'impôt, la religion des administrateurs sera satis-
faite, et aucun d'eux ne se croira plus obligé en
conscience de soutenir auprès des Législateurs une
perception qui, véritablement, n'apporte rien dans
le trésor public.

D'abord il faut bien songer qu'il ne s'agit ici que
d'une des moindres portions du revenu de l'État,
c'est un infiniment petit qui, porté à son taux le
plus productif, le plus forcé, ne seroit encore presque rien; tandis que, même dans son état de nullité, il fait à ceux dont on l'exige un mal cent fois,
mille fois plus considérable que les sommes par eux
payées. Cet impôt cesseroit sans remplacement
que le trésor royal ne s'en apercevroit même pas;
mais il existe un remplacement tout établi, qui n'a
besoin d'aucune loi nouvelle, d'aucune interpré-
tation forcée, et qui ne sera pas une taxe de plus.
Je veux parler du prix qui se paye à la Poste aux
lettres pour le port des imprimés qu'elle fait circuler si économiquement pour les administrés, et

cependant avec un profit si réel pour l'administration. Cette branche importante de son revenu a, depuis l'établissement du timbre sur les Catalogues, éprouvé une diminution très considérable; diminution qui est dans une proportion plus forte que *cinquante* à *un*. Ce n'est pas ici une de ces assertions hasardées que rien ne prouve. Les comptes de cette Régie sont clairs et bien ordonnés ; de prompts et exacts renseignements peuvent être fournis par les bureaux du transport des imprimés. Rien de si facile que d'y constater cette excessive autant qu'incroyable diminution dans cette partie de sa recette, et de se convaincre aussi que jamais les sommes perçues annuellement par la Régie pour le timbre des Catalogues n'ont compensé le dommage que cause à la Poste l'existence de cet impôt. Et il ne s'agit pas seulement du prix payé pour le transport de ces feuilles; les envois de Catalogues donnent lieu à des lettres, à des réponses, à des transports de livres par la Poste, à des remises d'argent par petites sommes, mais très multipliées, et rapportant un droit de cinq pour cent. Tout cela se paye sans murmures, avec joie même, puisque ce n'est pas une taxe, mais le prix d'un service rendu ; et c'est un bienfait du Gouvernement que de multiplier ainsi les moyens économiques de correspondance. Pourra-t-il hésiter un seul moment entre ces deux sources de revenu, l'une plus productive, et en même temps si conforme à ses vues paternelles ; l'autre presque nulle, cause perpétuelle de détresse, et comprimant l'activité de toute une classe de négociants ?

Mais, dira-t-on, avec des vues moins rétrécies, les Libraires ne s'effrayeroient pas d'une dépense dont le résultat leur seroit nécessairement profitable. N'est-ce pas chez eux mauvaise volonté, entêtement, que d'aimer mieux ne point faire leurs Catalogues, ou n'en faire que très peu, pour échapper à un impôt ? Oui, si la fabrication des Catalogues et leur distribution n'étoient point déjà par elles-mêmes extrêmement dispendieuses. Il en coûte bien plus à un Libraire pour ses Catalogues et Prospectus, qu'à un marchand d'étoffes ou de draps pour ses échantillons. Si, pour chacun de ces papiers, il faut en outre payer le timbre, au lieu de trente mille *Prospectus* on en fait trois cents, ou même on renonce à plus d'une entreprise pour le succès de laquelle il auroit fallu un grand appareil d'annonces ; et si l'on se console de cette nullité d'affaires en songeant à l'importance de ces premiers frais épargnés, on n'en voit pas moins son commerce frappé au cœur et mourant d'inertie. Au lieu de ce nombre immense de Catalogues qui, chaque année, chaque semestre, alloient dans tous les coins de l'Europe annoncer les livres de toute Librairie un peu considérable, on en imprime peu, on les distribue avec une sorte d'avarice ; et si on en hasarde sans timbre, c'est toujours en tremblant, et ce petit nombre ne produit presque aucun résultat.

Ce timbre, que la loi de l'an VI ne faisoit point porter sur les Catalogues, qu'une décision administrative de l'an IX a étendu sur cette sorte de listes, la régie a voulu depuis quelque temps le faire porter, non-seulement sur les feuilles et livrets que l'on connoît sous le nom de *Catalogues*, mais encore sur tous les moyens par lesquels un ou plusieurs livres peuvent être annoncés. De tous côtés les filets du fisc sont tendus, et toute espèce d'annonce est interdite aux Libraires, à moins de payer le timbre ou de s'annoncer furtivement et en fraude. Le croiroit-on ? il y a contravention si l'on imprime une liste de livres, même sans prix, sur ce petit nombre de feuillets qui souvent, à la fin d'un volume, restent blancs et sans emploi. Il y a contravention si, dans le cours d'un livre, on annonce que l'on vend telles sortes d'ouvrages, même sans en imprimer la nomenclature. Il y a contravention, si le Libraire ou l'auteur, dans son ouvrage, se permettent de donner la liste des autres productions de ce même auteur. On va jusqu'à dépister, dans les préfaces ou discours préliminaires, ces sortes d'indications souvent plus littéraires que bibliopoliques. Il y a encore contravention, si l'on met le prix de l'ouvrage ou sur le titre, ou même sur la couverture. Et dans quelle loi se trouve écrit ce code rigoureux ? Dans aucune, un seul mot de la loi de l'an VI, le mot *avis* a servi de texte. En l'an IX le Conseil d'État a défini, la Régie définit ; mais où s'arrêteroit une telle puissance de définition et d'extension ? S'il peut être permis à une administration d'étendre ou d'interpréter une loi, il semble que ce ne doit jamais être que dans un sens favorable pour les administrés. Mais s'agit-il de décisions rigoureuses, la lettre de la loi doit être une barrière que toujours il soit interdit à tous de franchir.

On veut timbrer les Catalogues des Libraires ; mais, d'après de tels principes, il faut timbrer aussi la facture imprimée en tête de laquelle le marchand de drap vous annonce qu'il vend draps de Sedan, Louviers, Elbeuf, etc., casimirs, serges, etc. Son catalogue est de trois lignes, le mien est de dix pages, de vingt et cent pages même. D'un mot il vous annonce toute une sorte de marchandise, et souvent il me faut plusieurs lignes pour annoncer tel ouvrage d'un ou deux francs. Tout le désavantage, toute la charge d'une plus grande dépense est de mon côté, pourquoi m'assujettir à un impôt qu'avec raison l'on regarderoit comme une injustice criante de demander à cet autre marchand ? Et encore, si par une loi trop fiscale, un marchand de draps, un épicier et tant d'autres ne pouvoient imprimer sans timbre des annonces même si succinctes, le seul nom de leur profession fait connoître à peu près tout ce qu'ils vendent. Où en sera le Libraire, s'il ne peut faire des listes de ses marchandises? Comment saura-t-on qu'il vend les OEuvres de Boileau, de Milton, s'il ne l'imprime, s'il ne le fait connoître à tous? Il annonceroit même le genre de Librairie auquel de préférence il se seroit adonné, préférence qui d'ailleurs n'est jamais exclusive et complète, qu'il ne lui faudroit pas moins des Catalogues, ou périr de misère au milieu de ses livres. Chacun des genres, soit Théologie ou Jurisprudence, ou Mathématiques, etc. n'est-il pas tellement abondant en ouvrages divers, et anciens et nouveaux, que le Libraire ne soit en danger de garder éternellement ceux qu'il n'aura pas suffisamment annoncés.

Certes, si le timbre pouvoit être exigé de tous les *Avis*, il rapporteroit plus que tous les impôts ensemble; et qu'on ne traite pas ceci d'exagération, tous les Avis ne sont pas des notes dans un journal ou des affiches collées sur les murs; il ne faut pas un grand effort de tête ni des combinaisons bien profondes pour faire voir jusqu'où pourroit aller la fiscalité dans cette extension de la loi sur le mot *Avis*. Pourquoi donc voudroit-on aussi que les Libraires fussent les victimes choisies et sacrifiées?

Si un Libraire est d'humeur à faire distribuer

des Catalogues sur les quais, les ponts; s'il les fait colporter dans les maisons et hôtels, ceci peut bien rentrer dans les Avis que la loi veut frapper; mais ce seroit encore les frapper à tort, parce que c'est toujours attaquer dans sa source le moyen créateur : c'est l'empêcher de produire, et se priver ainsi de tous les profits que pourroient donner les résultats.

Avec le système de fiscalité qui pèse sur la librairie, on sent que toute annonce lui seroit interdite, si de telles décisions enchaînoient complétement la volonté de chacun des contribuables; mais c'est et ce sera toujours de tous côtés un combat continuel pour se soustraire à cette sourde oppression. La Régie elle-même, comme si elle avoit quelque honte de mettre en plein exercice une aussi étrange théorie, ne s'est jamais réveillée que par intermittences. Depuis long-temps, il est vrai, les Catalogues non timbrés n'étoient plus reçus à la poste, mais on n'y apercevoit point, et je me persuade que l'on vouloit bien n'y pas apercevoir ces feuillets de Catalogues, appendices inhérents aux volumes, ainsi que les prix qui se trouvoient indiqués sur les titres ou couvertures, et enfin tout le menu dont la fiscalité a formé son code prohibitif.

Ces observations, ou, si l'on veut les nommer ainsi, ces réclamations, qui avoient été remises en septembre 1815 à M. le Directeur général de la Librairie, et sur lesquelles il avoit fait à M. le Chancelier un rapport tout-à-fait favorable, et concluant à la suppression de cette taxe, avoient été occasionnées par un de ces réveils intermittents de la Régie; mais cette fois le coup avoit été plus vif, et les attaques plus multipliées. Beaucoup de Libraires furent poursuivis au même moment, l'un pour une annonce imprimée au revers du titre d'un livre : l'imprimeur fut mis en cause avec lui et poursuivi comme complice ; un autre, pour avoir fait imprimer sur l'un des feuillets du Bulletin officiel que ce Bulletin se trouvoit chez lui. Dans ce procès, il n'y eut pas moyen de citer un imprimeur comme complice, parce qu'il auroit fallu mettre en cause l'Imprimerie royale. Un troisième fut assigné pour avoir, dans une Grammaire de Lhomond augmentée par M. Letellier, donné la liste de quelques opuscules grammaticaux de M. Letellier, qui lui-même fut enveloppé dans le procès et accusé de complicité. On cite ordinairement aussi tous les Libraires dont les noms se trouvent, quelquefois même sans qu'ils s'en doutent, indiqués sur le livre, comme concourant à son débit. J'eus aussi un procès pour un Catalogue de quatre petites pages, sans prix, terminant une Concordance des Calendriers, imprimée en 1806, et dont l'exemplaire, corps du délit, fut saisi, non pas même chez moi, mais voyageant de Rouen à Cahors. Mais ce n'est pas de quelques misérables amendes de vingt-cinq francs qu'il est ici question : il s'agit, pour les Libraires, de voir décider s'ils pourront ou non continuer leur commerce; s'ils doivent être rayés de la liste des commerçants de l'Europe, et végéter en travaillant pour satisfaire à un impôt. L'un de nous le dit l'année dernière à M. le Directeur de la Librairie, membre actuel de la Chambre des Députés, et nous le répétons ici dans toute la sincérité de notre âme : Si la Régie, bien soutenue dans ses prétentions, prenoit un beau jour à tâche de poursuivre la condamnation d'autant de ces contraventions que toujours il lui sera si facile d'en constater, il n'y a probablement pas en France un seul Libraire ou Imprimeur qui n'auroit à payer des amendes considérables. Elle pourroit en moins de six mois opérer la ruine absolue de plus de la moitié d'entre nous. Qu'on ne prenne pas ceci pour une folle exagération : c'est avec toute la froideur possible qu'a été fait cet effrayant examen, qui, après tout, n'est rien que le résultat d'une simple et très facile approximation arithmétique. Si, dans l'état actuel des choses, une condamnation peut être prononcée, cent, mille, vingt mille peuvent et pourront la suivre; et comme il est question d'argent, ce ne seroit probablement pas ici le cas où l'on se contenteroit de décimer les coupables.

Mais, dira-t-on, jamais le Gouvernement ne voudra se porter à un si désastreux excès de rigueur. La loi est donc mauvaise, si l'on ne peut même supporter l'idée de son exécution complète et absolue.

Les petits Catalogues de quelques feuillets, joints aux livres, sont un usage de tous les temps, de tous les pays, économique pour le Libraire, commode pour le lecteur, et que l'on n'avoit jamais songé à assujettir à aucune taxe. Un impôt sur ces feuillets seroit d'autant plus onéreux, injuste même, que, ne circulant qu'en proportion du succès du livre auquel ils sont inhérents, ils peuvent dormir avec lui un demi-siècle et plus dans les magasins : et si le livre se met à la rame, ce qui n'arrive que trop souvent, que deviendra la dépense du timbre ?

Les Anglois, si savants dans la science des impôts, et chez lesquels les taxes sont si énormes, supportables cependant, parce que l'on y gagne de quoi les payer ; les Anglois, dis-je, ne font pas la faute administrative d'imposer les moyens d'arriver à un lucre quelconque, les tentatives et dépenses pour obtenir un avantage commercial. Ils imposent les résultats, les bénéfices faits, ou tout au moins les valeurs réelles ; et ces taxes, on les paye avec exactitude. Ils sentent bien que prélever un à-compte sur des bénéfices qui peut-être n'auront jamais lieu dans la moindre partie, ce seroit arrêter le commerce dans toutes ses spéculations, et priver le fisc lui-même de produits bien plus réels et plus importants. Ces vérités sont les premiers rudiments de la science administrative et même fiscale. Forcer un Libraire à payer une taxe sur les papiers qu'il répand *gratis* dans l'espoir de faire arriver des acheteurs pour ses livres, est aussi absurde, aussi contraire à tous principes, que si l'on forçoit le navigateur prêt à appareiller pour les pays lointains, de payer d'avance une forte partie du bénéfice que son opération, bien concertée et heureusement conduite, pourroit un jour lui rapporter. Le commerçant navigateur diroit en pareil cas : Je ne paye point, et je reste. Si le Libraire dit : Je ne paye pas, et je ne fais point d'annonces, il est malheureux, non pas comme le navigateur qui auroit renoncé à son expédition, mais comme celui qui auroit fait naufrage après avoir payé une taxe anticipée. Et pour tant de maux causés à notre profession, quel mince résultat pour le fisc ! Si ce n'est pas brûler le bois des Libraires pour en avoir les cendres, c'est au moins leur faire payer une lourde taxe sur l'engrais avec lequel ils essayent très éventuellement de fertiliser leurs terres.

Les Libraires anglois, habiles dans le commerce comme leur Gouvernement l'est dans la fiscalité, savent très bien que, pour vendre des livres, il les faut surabondamment annoncer ; aussi voyons-nous que chacun des volumes arrivant de Londres est presque toujours garni d'un Catalogue souvent très ample, et qui, dans la terre classique des taxes, n'en a cependant payé aucune. De ces Catalogues, ils en envoient sous toutes les formes ; aussi depuis le peu de temps que nous recevons leurs livres avec quelque facilité, nous connoissons fort bien l'état de leur Librairie. Il s'en faut de beaucoup que la nôtre leur soit connue de même ; la Régie est là pour saisir les anciens Catalogues non timbrés que nous attacherions à nos livres, et pour défendre aux imprimeurs de nous en imprimer de nouveaux.

L'impôt de cinq francs par rame, établi en 1810, sur une partie de ce qui s'imprimoit, et dont la suppression fut un des premiers bienfaits de S. M. Louis XVIII, impôt qui a été si funeste à la Librairie, et l'une des causes de sa langueur, avoit au moins pour excuse apparente, qu'il portoit sur une valeur censée réelle, sur une marchandise effective, et dont le propriétaire pouvoit à son gré élever le prix dans la proportion de la taxe par lui payée ; au risque toutefois de finir par rebuter l'acquéreur. Cette taxe, qui ruinoit le Libraire, sembloit cependant retomber toute entière sur le consommateur, sur l'acheteur en détail. Mais sur quoi porte le timbre des Catalogues et Prospectus ? sur des valeurs non pas seulement inertes, mais absolument nulles, sur des feuilles qui ne se vendent point, qu'il faut fabriquer à grands frais, et distribuer à grand nombre, qu'il faut presque contraindre les gens à mettre en poche quand ils viennent visiter un magasin : heureux si ensuite ils veulent prendre la peine de les parcourir.

Je ne dis rien de la proposition faite dans le projet de la Commission, de doubler à peu près cette taxe sur les Catalogues; forte ou légère, je la soutiens impraticable, d'une perception impossible, et qui toujours sera nulle par le fait. Si elle est excessive, on fera moins encore de Catalogues; la tentation d'en imprimer sans timbre sera plus vive encore; et avec de grandes espérances de perception, il ne se percevra presque rien. Si la taxe est légère, combien misérable en sera le produit; vaudra-t-il la peine de nous lier bras et jambes, d'entraver ainsi toutes nos opérations?

Quant à l'obligation proposée d'aller s'approvisionner à la Régie de papier qu'elle fourniroit, ceux-là connoissent bien mal les François qui ont mis en avance une formalité si désagréablement superflue. Payer mécontente quelquefois, mais être assujetti à d'insupportables et inutiles formalités est plus rebutant encore. Un billet de commerce, une quittance peuvent se faire sur un papier prescrit; mais peut-il, sans une gêne insupportable, autant qu'en pure perte pour l'État, en être de même pour les Catalogues, qui de fait sont des livres, et quelquefois des livres asssez volumineux, et que chacun doit pouvoir fabriquer à son gré sur papier grand ou petit, épais ou mince, beau ou commun. Je ne vois dans cette obligation de se fournir à la Régie, qu'une occasion de fortune pour le papetier qui obtiendroit cette fourniture exclusive.

Par sa position centrale, par la perfection et le bas prix de ses fabrications, et surtout aussi par les richesses de notre littérature, la Librairie de France est appelée à devenir la première et la plus importante de l'Europe (1). Aujourd'hui qu'un horizon plus pur se montre à nos yeux fatigués, nous entrevoyons le bonheur, et nous ne demandons que la faculté de pouvoir travailler à faire circuler nos masses de marchandises. Ce ne sont ni des primes, ni des souscriptions dispendieuses, ni des achats de livres à la charge du Gouvernement.

_______________

(1) Dans une sorte de Statistique, ou Examen des moyens industriels des différents États européens, un Anglois comparoit dernièrement avec ironie l'importance du commerce de la Librairie en Angleterre, avec la triste exiguité de celui de la France, de cette France, ajoutoit-il, qui a la prétention d'approvisionner l'univers entier de ses produits littéraires. Le rapprochement étoit fait avec dureté, mais il n'étoit que trop exact, et l'impossibilité de faire de suffisantes annonces est la principale et peut-être la seule cause de cet état d'une ruineuse médiocrité.

Otez lui ses liens, et laissez-le aller, c'est tout ce que demande chaque Libraire françois ; et ces liens sont la taxe du timbre, qui interdit tout moyen d'annonce. Ce bienfait que sollicite la Librairie françoise, elle l'espère, elle l'attend d'un Gouvernement paternel et généreux.

On pourroit croire qu'exemptant du timbre les Prospectus et les Catalogues officinaux ou de commerce, il conviendroit de le conserver sur les Catalogues de livres destinés aux ventes à l'encan. C'est encore une erreur en administration. Cette taxe, qui nuit au propriétaire vendeur, qui ne peut manquer de nuire à la Régie elle-même, a encore un autre effet très désavantageux. Le Gouvernement, et, avec lui, tout François qui aime son pays, doit désirer d'acquérir à la France, et surtout de lui conserver tous moyens honorables de prééminence sur les autres peuples ses voisins, même dans les plus petites choses. Eh bien ! pour les Catalogues des ventes de livres, la France a sur tous une supériorité non contestée. Tout Catalogue d'une belle collection de livres, s'il est fait en France par un Libraire tant soit peu instruit, devient lui-même un livre de bibliothèque recherché dans tous les pays. La rédaction des Catalogues a même fondé en France quelques réputations presque littéraires ; et toujours on citera avec éloge les noms des Martin, des Debure, des Barrois, etc. De tous les Catalogues étrangers

faits pour des ventes, à peine quelques-uns mé-
ritent-ils cette estime ; et encore est-ce parce qu'ils
sont faits à l'imitation de ceux de la France. Les
Hollandois, les Allemands entassent les articles dans
le plus mauvais ordre et presque sans désignation :
ils semblent ne viser qu'à l'exiguité du volume. Les
Anglois, si riches en livres précieux recueillis dans
l'Europe entière, si passionnés pour les curiosités de
tout genre, parce qu'ils ont beaucoup d'or pour les
payer, imitent les Hollandois dans l'agencement de
leurs Catalogues, et les font beaucoup trop abrégés
si le commerce en fait les frais, ou d'une intermi-
nable prolixité si la dépense est supportée par
quelque opulent amateur. En cela, comme en
beaucoup d'autres travaux littéraires, les François
presque seuls savent ne mettre ni trop ni trop peu,
et s'arrêter où l'ordonnent le goût et un certain tact
des convenances. Si définitivement il faut faire timbrer tous les Catalogues de ventes publiques, on
sera bien obligé de les resserrer à la manière des
Hollandois ; et cette sorte d'industrie littéraire sera
perdue pour la France. C'est, dira-t-on, bien peu
que tout cela ; mais qu'est-ce donc que la somme
produite par ce timbre ? Peu pour peu, il y a au
moins compensation. Une décision de la Régie elle-
même, et qui s'exécuta pendant plusieurs années,
prenant ces motifs en considération, exemptoit les
Catalogues ayant physionomie de livres, soit par

leurs notes littéraires, soit parce qu'ils excédoient deux feuilles d'impression.

Le droit d'enregistrement de deux et un dixième pour cent que payent les ventes à l'enchère, sembleroit être pour ces ventes une charge déjà suffisante et un motif pour ne pas les grever d'une taxe de plus; mais pour ne parler ici que dans l'intérêt du fisc, ce qu'il exige en timbre peut très souvent le priver d'une somme quadruple, et même sextuple en droit d'enregistrement. Telle vente de livres annoncée par un Catalogue suffisamment explicatif, produira un tiers de plus que si, pour échapper d'autant au timbre, ce Catalogue avoit été trop resserré, ou tiré à trop peu d'exemplaires. Souvent même pour les petites ventes, et ce sont les plus multipliées, la crainte du timbre détermineroit à ne point faire de Catalogue; alors l'enregistrement en souffriroit, sans même retrouver la chétive indemnité du droit de timbre. On aura beau faire, toujours les hommes calculeront de même; toujours la crainte d'un impôt, ou dépense immédiate, sera, pour le plus grand nombre, plus puissante que l'espoir toujours vague d'un plus grand produit éventuel.

On voit par là que l'État a tout intérêt à ne pas exiger le timbre, même sur les petits Catalogues de moins de deux feuilles; d'ailleurs, pourquoi grever d'un impôt la vente d'une simple et modeste bibliothèque, tandis qu'on auroit reconnu juste et dans l'intérêt du fisc, d'en exempter la riche collection d'un plus opulent propriétaire ?

Répétons-le jusqu'à satiété, tout cet impôt est en somme si peu de chose, et fait tant de mal au commerce de la Librairie françoise, que sa suppression seroit nécessaire, quand même il ne seroit pas aussi positivement prouvé qu'il empêche la perception de produits bien supérieurs, et dont le payement ne grève aucun contribuable.

On croit donc avoir suffisamment prouvé, 1°. que l'impôt du timbre sur les Catalogues et Prospectus de librairie est onéreux à l'État, puisque s'il rapporte quelque chose à la Régie du timbre, il fait à celle des Postes un tort six fois plus considérable, en diminuant dans une proportion immense la quantité des imprimés qu'elle transporte avec économie pour le public, et notable profit pour elle-même.

2°. Que cet impôt ne pourra jamais, quoiqu'on fasse, devenir productif, parce que, pour beaucoup payer, il faut faire beaucoup de Catalogues et d'Annonces, ce que l'existence de la taxe ôtera toujours aux Libraires les moyens de faire.

3°. Que l'état de langueur dans lequel se trouve notoirement la Librairie françoise, ne peut qu'empirer tant qu'il lui sera interdit d'annoncer ses marchandises par des Catalogues, l'existence de la taxe. équivalant presque à une prohibition absolue.

4°. Qu'un payement exigé à-compte de bénéfices éventuels, non seulement en avance, mais en surcharge d'autres dépenses déjà onéreuses, est un faux calcul en administration, parce que c'est le plus sûr moyen d'empêcher que ces dépenses se fassent et qu'il s'ensuive des bénéfices : c'est de plus une injustice envers l'administré, dont elle tue l'industrie dans sa source première.

Espérons donc de la bonté paternelle du Gouvernement que, dans le nouvel état d'impositions indirectes ordonnées par le budget, le timbre sera supprimé, et sur les Catalogues proprement dits, et aussi sur les Annonces et listes partielles annexées aux livres ; et qu'à l'avenir, nous pourrons faire nos Annonces, nos Prospectus et Catalogues, tant de magasin que de ventes à l'enchère, sans avoir à payer un droit qui nous rend malheureux et nous ruine, en même temps qu'il enlève à la perception d'une autre branche des revenus de l'État au moins cinq à six fois plus que jamais il ne pourra produire.

ANT. AUG. RENOUARD.

Paris, le 19 mars 1816.

---

DE L'IMPRIMERIE DE CRAPELET.

www.ingramcontent.com/pod-product-compliance
Lightning Source LLC
LaVergne TN
LVHW012322050726
842524LV00004B/1569